Onde
choram
as crianças

Onde choram as crianças

Copyright © 2022 Faria e Silva.
Faria e Silva é uma empresa do Grupo Editorial Alta Books (STARLIN ALTA EDITORA E CONSULTORIA LTDA).
Copyright © 2022 by Eugênia Ribas-Vieira.
ISBN: 978-65-89573-75-3

Impresso no Brasil — 1ª Edição, 2023 — Edição revisada conforme o Acordo Ortográfico da Língua Portuguesa de 2009.

Dados internacionais para catalogação (CIP)

Ribas-Vieira, Eugênia
Onde choram as crianças / Eugênia Ribas-Vieira, -- São Paulo: Faria e Silva Editora, 2022
176 p.
ISBN 978-65-89573-75-3
1. B869 – Literatura brasileira

Todos os direitos estão reservados e protegidos por Lei. Nenhuma parte deste livro, sem autorização prévia por escrito da editora, poderá ser reproduzida ou transmitida.
A violação dos Direitos Autorais é crime estabelecido na Lei nº 9.610/98 e com punição de acordo com o artigo 184 do Código Penal.
O conteúdo desta obra fora formulado exclusivamente pelo(s) autor(es).

Marcas Registradas: Todos os termos mencionados e reconhecidos como Marca Registrada e/ou Comercial são de responsabilidade de seus proprietários. A editora informa não estar associada a nenhum produto e/ou fornecedor apresentado no livro.

Material de apoio e erratas: Se parte integrante da obra e/ou por real necessidade, no site da editora o leitor encontrará os materiais de apoio (download), errata e/ou quaisquer outros conteúdos aplicáveis à obra. Acesse o site www.altabooks.com.br e procure pelo título do livro desejado para ter acesso ao conteúdo.

Suporte Técnico: A obra é comercializada na forma em que está, sem direito a suporte técnico ou orientação pessoal/exclusiva ao leitor.
A editora não se responsabiliza pela manutenção, atualização e idioma dos sites, programas, materiais complementares ou similares referidos pelos autores nesta obra.

Faria e Silva é uma Editora do Grupo Editorial Alta Books

Produção Editorial: Grupo Editorial Alta Books
Diretor Editorial: Anderson Vieira
Editor da Obra: Rodrigo Faria e Silva
Vendas Governamentais: Cristiane Mutüs
Gerência Comercial: Claudio Lima
Gerência Marketing: Andréa Guatiello

Revisão: Luiz Henrique Moreira Soares
Diagramação: Faria e Silva Editora
Capa Original: Carlos Nunes
Ilustrações: Márcia Cavalcanti

Rua Viúva Cláudio, 291 — Bairro Industrial do Jacaré
CEP: 20.970-031 — Rio de Janeiro (RJ)
Tels.: (21) 3278-8069 / 3278-8419
www.altabooks.com.br — altabooks@altabooks.com.br
Ouvidoria: ouvidoria@altabooks.com.br

Editora afiliada à:

Onde choram as crianças

Eugênia Ribas-Vieira

Para minha mãe.

Quem do mundo a mortal loucura ... cura,
A vontade de Deus sagrada ... agrada
Firmar-lhe a vida em atadura ... dura.

Ó voz zelosa, que dobrada ... brada,
Já sei que a flor da formosura, ... usura,
Será no fim dessa jornada ... nada.

Gregório de Matos

a doença

Na doença, nunca se vê o rosto de quem nos persegue.

Javier Marías

A casa é amarela, isolada. As telhas, sobrepostas, desviam a luz do sol para um recorte quadrado no chão. Ali, no canteiro em que brotaram lírios-brancos, vê-se um vento fino cortar a imensidão fosca de terra, amarelo-ocre, ocre de quem tem sede. Por cima da terra, o trem, a fumaça de barro, que espanta com sua velocidade todo o estagnado, o morto.

A chegada de uma primeira estrela estilhaça um pedaço de sonho branco e claro. A estrela aponta a saída da cidade, cidade que se fez doença. Há pouco tempo, menos de dez anos para cá, todos foram contaminados pela púrpura. A cor de sangue, a mais vibrante de todas as cores, desenha a pele dos habitantes de Nossa Senhora das Dores com seus pequenos e incontáveis pontos.

o silêncio

Enquanto todos gritam, uma criança chora.

Nas dunas, as crianças se juntam para a caça ao tesouro. Toda semana fazem a mesma coisa. Dessa vez, Joaquim é escolhido o chefe. Ele será o responsável por esconder o tesouro. Joaquim é um milagre, dizem pela cidade num segredo uníssono. Aos doze anos, ainda não tinha sido contaminado.

O menino corre à frente de todos, ganha distância rapidamente, a sumir de vista. Então se ajoelha para enfiar, profundas, as mãos na areia. Por seus pequenos dedos escorrem grãos dourados e reluzentes, os quais acredita dominar. Feliz, Joaquim se volta para os garotos. Aos berros, diz que o tesouro está escondido. Com sua voz esganiçada repete com entusiasmo até que todos venham.

Quem encontrar o tesouro ficará rico, e poderá fugir, abandonar aquela terra. Belo Horizonte é a capital do sucesso, é o que no dia a dia aprendem pelas vozes dos adultos que, em rouquidão solene, repetem, temendo a inércia de um futuro, do futuro que lhes era próprio. Joaquim, é o seu sonho conformado, vai se tornar professor de geografia em Belo Horizonte. O sonho, nesta manhã igual às outras, é mais simples. Um desejo rápido e passageiro guia os meninos a encontrar o tesouro preparado por suas mães. Podem encontrar sanduíches feitos do pão dormido e de queijo curado, além de um tacho de rapadura.

Num farfalhar explosivo, as mãos pequenas e ligeiras de Luiz encontram o prêmio. Os outros meninos chegam, e mesmo atrasados atacam um pedaço do doce com os dentes, cachorros-do-mato a rasgar uma presa.

Com os olhos azuis fixos em Luiz, que mastiga o doce, Joaquim observa os lábios do amigo rasgados em sangue roxo. Faz um comentário distinto, severo, talvez, severo demais para uma criança.

Rapadura não sangra, diz.

Pelo olhar de Joaquim, Luiz sabe. Joga a rapadura na areia, toca a boca e vê o sangue brilhar em suas próprias mãos. Era fim de tarde e o sol deixava-se dissolver num céu róseo.

o medo

Sozinhas como abandonadas.

O menino está amaldiçoado, toda gente repete, em sussurros, na saída da missa de domingo. Sinhá Dora, mãe de Luiz, ao ouvir o mexerico, beata que é, vaidosa que é, corre para casa, decidida a escondê-lo.

Um menino tão jovem e de rosto dilacerado.

Não serve mais como filho. É coisa do diabo.

Sem forças, frágil, de aspecto malogrado, é impossível para Sinhá Dora cuidar de um filho malvisto. Dada, sobretudo, a manter a cabeça erguida frente ao burburinho arregalado do povo, resmunga, povinho indecoroso e burro, enquanto procura um esconderijo. Escolhe a casa de entulhos guardados, onde também costumava matar as galinhas.

O povo toma distância devida, traçada pelo medo. De alguma maneira, veem-se naquele retrato. Ninguém iria visitá-lo.

Sinhá Dora é a primeira a se afastar.

a morte

Um cântico ressoa pelo resto de meu corpo.

Pela primeira vez Joaquim entende a noite. Uma névoa esbranquiçada que se desloca com velocidade. Após uma luta contra os pensamentos, adormece.

Perto das onze, acorda e vê a mãe na sala, que ouve no rádio música. Quer sair sem ser notado e esquematiza o caminho até a porta da cozinha, que tem passagem direta para os fundos da casa. Os movimentos de Joaquim, mansos, como os de um lagarto.

Ao pisar na extensão de terra que o telhado não cobre, sente o sol arder na pele. Mas logo se acostuma. Todo dia é o mesmo desconforto, que já cobre seus braços com uma camada escurecida. O cabelo castanho, claro e liso, longo para um menino, ajuda a proteger o rosto daquele sol todo. Caminhada longa o espera. Correria, não fosse o calor que dava por enfraquecer as suas vontades. Nesse dia, não cumprimenta ninguém. De lábios cerrados, a olhar para frente, e apenas para frente, anda na direção da casa de Luiz.

O caminho é estreitado por casas dos dois lados.

Uma reta de vizinhos em condição igual. Os portões de madeira e o barro seco nas casas de mesma cor, um amarelo-ocre a camuflá-las na paisagem. Camaleões rasteiros, não fossem as telhas avermelhadas que, aos olhos de Joaquim, flutuam.

Alguns moradores tinham o seu pouco gado, outros deixavam o espaço do terreno para o crescimento aleatório de palmas. Um buriti alto brotara num único terreno e era usado como referência. A casa de Luiz, oitava depois do buriti.

Joaquim pula a cerca. Desvia do boi prostrado. Chega à porta de madeira e bate incessantemente. As batidas soam alto e ininterruptas. Tem pressa. A sensação de que qualquer minuto desperdiçado pode se voltar contra ele acende o desejo de ser responsável. De golpe, surge à sua frente o rosto desconfiado da mãe de Luiz.

Sinhá Dora é uma mulher de idade, quase careca, com seus poucos fios brancos que restavam colados um ao outro de tanto sebo acumulado. Dava para ver a pele enrugada, em fios profundos e emaranhados. Olhos verdes, dentes grandes. Ao falar, os lábios finos se mexiam nervosos. Uma baba caía em direção ao queixo. Era motivo de chacota, não devido aos seus traços, acostumados todos com rostos assim, arranhados, manchados, rostos naturais em suas descontinuidades. A chacota era por conta de seu eterno mau humor.

Ela diz, secamente, que Luiz não está e, ao tentar fechar a porta, Joaquim avança o pé direito e a impede.

– Mas, Luiz não se machucou ontem?

A porta reabre. Sua feição é de tédio e ela cospe no chão.

Ande, vá embora. Luiz, meu filho, está morto.

o orgulho

Uma hemorragia vítrea.

Joaquim intui algo de muito errado. Mas não insiste. Coloca as mãos nos bolsos e abaixa o rosto. Gira os dois pés juntos no sentido oposto. A dois passos dele, a mãe de Luiz fecha a porta e Joaquim sai a chutar a terra. Repara em três ou quatro galinhas soltas que cruzam seu caminho a certa distância. Nunca soube que havia galinhas por lá. E mete-se a correr atrás delas e a assustá-las com o barulho das mãos espalmadas. As galinhas correm para o mesmo lado do quintal, na direção de um casebre de madeira escura. A porta está fechada a cadeado.

Vagarosamente, Joaquim se aproxima e, pelas frestas da parede, vê um amontoado de corpos de galinhas sem cabeças, ainda com penas, todas manchadas de sangue. Desvia o olhar. Uma farpa espeta seu dedo. O céu, de tão firme, machuca. Ele sente um enjoo, mas consegue se conter. Quando espia de novo pela fresta, a farpa adentra um pouco mais.

Embora a pequena dor, aproxima-se da porta e rende a corrente do cadeado, que cai no chão ao próprio peso. Ao tentar abri-la, Joaquim encontra uma enorme dificuldade. Não conseguindo movê-la com um empurrão, tenta novamente, agora usando o ombro. Antes de ceder, a porta se arrasta, rangendo num chiado afinado de ferrugem. Quando escancarada, o feixe de luz confirma no interior o que se adivinhava de fora.

Em cima de uma cama feita de palha, Luiz dorme. Está agarrado às próprias pernas, tombado de perfil, com a pose de um bebê ainda não nascido. Joaquim se aproxima com cuidado para não fazer barulho. Porém, tropeça nos próprios pés e cai sobre Luiz. Ouve um grito rouco e Joaquim logo lhe tapa os lábios com a mão:

– Cala a boca! Não fala!

Mas, ao gesto, Luiz não tem como revidar. Deixa-se voltar à posição que estava, com um pescoço lânguido, derrubado, que o conduz de volta ao monte de palha.

– Luiz, Luiz, acorda! Sou eu, Joaquim – E dá leves tapas no rosto do amigo.

– Joaquim? É você? – diz num resto de voz.

A luz fraca impede que se enxerguem prontamente, ainda que um rastro fino de luz comece a delinear o corpo dos dois, em duas sombras definhadas que se igualam sobre a madeira.

– Sou eu. Sou eu. – E Joaquim abraça Luiz com o mais forte movimento de braços. Vem-lhe a imagem do vulto branco e veloz da noite anterior. Do que pensou ser a morte. Seria muito para Joaquim perder um amigo.

a dor

Quando dor, principia-se o caráter.

Luiz dorme, dorme sem-fim. Joaquim leva um susto. Tenta acordá-lo, mas não consegue. Então grita de maneira descontrolada:

– Luiz morreu. Meu melhor amigo está morto.

Aos poucos, se aproximam um homem e uma mulher. Eles não têm nenhuma reação extrema ao ver o corpo, apenas baixam suas cabeças. Um menino, magro, esparramado num chão de palha. A imagem já conhecida, uma entre tantas outras mortes. Assemelha-se a um bezerro morto.

Ao ver um grupo de pessoas em volta do galinheiro, Sinhá Dora chega rapidamente, está nervosa, carrega uma pressa consequente. Talvez ela mesma teria provocado aquilo tudo, embora não fosse uma perpetuação de seu desejo. Era uma obrigação, e lhe ocorreu de uma hora para a outra, quando soube que teria que esconder o próprio filho. Não era de sua vontade, nunca o fora, mas não poderia deixar que descobrissem o que havia feito.

Meu fim, a mãe que abandonou o filho, que deixou morrer o próprio filho. Era o que pensava, em meio a gestos incontidos pelos quais puxava para frente o próprio cabelo.

– O que estão fazendo? – diz Sinhá Dora, tentando se manter calma.

– É um menino morto – diz um homem.

Joaquim não deixa as palavras soltas:

– É seu filho. O Luiz morreu, e a culpa é sua. – E avança sobre a mãe de Luiz, com os dedos esticados, prestes a arranhá-la com força.

– Calma menino. – Sinhá Dora empurra Joaquim sem pudor. Ele cai com os cotovelos no chão, mas ela não liga. Segue na direção do casebre. Todos em volta, o homem, a mulher e Joaquim se calam, sensibilizados. Sinhá Dora também cai, de joelhos, ao ver o seu filho, como num presépio, em berço de palha. Não era, contudo, um nascimento.

Fosse a maldade que fosse, o sentimento que houvesse, de desejo ou mesmo de obrigação, Sinhá Dora pensa que teve que afastar a praga, o demônio que havia se instaurado no corpo do filho. De seu próprio filho. E gozando este pensamento, ela própria se redime da culpa assassina.

Ela toca os cabelos do filho, arruma sua franja para o lado e, chorando, se volta a todos:

– Chamem o padre, por favor, chamem Padre Clemente.

a misericórdia

A misericórdia é um perdão a todos

Seria a intenção de Sinhá Dora se desfazer da culpa? Uma culpa subjetiva, aguda, um sentimento que se vinga em si mesmo. Neste momento, sozinha em sua casa, não lhe vinha nenhum outro sentimento, a não ser o de buscar a individual possibilidade de um respeito digno. Pedia baixo, como numa reza, que não a olhassem de cima, de que continuassem a olhá-la sem estigmas. Todas aquelas pessoas às quais se encontrava todos os dias, as colunas de seu orgulho.

A culpa então se dissolvia aos poucos e dava lugar a um sentimento de inferioridade. Assumia que não era nada, e que por isso, nunca poderia ter culpa de nada. Sinhá Dora lembrava-se com alguma felicidade, de que nunca, em sua vidinha, fora julgada. Descontroles casuais, normal, ora, todos confessados ao padre. Fosse nos momentos em que Luiz apanhava com cinto com alguma força mais pesada nas mãos, e estas, espalmadas, geravam um silêncio incomum, em que o menino não entendia a razão daquilo, e abria os olhos, numa mistura de raiva e dor, ou quando abatia algumas galinhas em exagero. Também corria ao padre quando isso acontecia, e de lá, voltava ilesa. Seu sentimento de culpa nasceu apenas quando lhe disseram que Luiz, seu próprio filho, era filho do Diabo. E que precisou agir em função disso.

Sinhá Dora se lembra agora. Correu ao galinheiro, buscou com as mãos trêmulas o facão, pendurado na porta do casebre. Tirou-o dali. Suas mãos ainda tremiam. Nunca sentiu o facão com tal peso, mas aos poucos, dominada por uma poética assassina ainda por ela desconhecida, um desejo de matar que arrebata, pegou uma galinha. Aos poucos, uma por uma, cortou seus pescoços. Sem depenar, com um desejo subconsciente estético que a cada galinha morta se aprimorava, o de ver a cor do sangue em penas ao chão, em montes. E o sangue, feito cola, grudava naquelas penas, uma por uma, num ninho enfurecido, de angústia inesgotável.

Se era santa essa mulher, como poderíamos saber? Padre Clemente que lhe conhecia bem. Sinhá Dora era considerada uma mulher assustadora. De olhos quase vesgos, o do lado direito da face petrificado e com lábios que de tão tensos mais pareciam assobiar um desafino constante, Sinhá Dora ia à missa todos os dias. Confessava-se com regularidade, aquela mulher um pouco careca, e o padre conferia isso quando ela se ajoelhava. Encurvada, sua corcunda se atenuava ano após ano, talvez já estivesse doente dos nervos, ou a postura se devia à passividade frente à igreja. Ninguém se interessava por saber. Em Nossa Senhora das Dores, não era curiosidade nenhuma saber da dor do outro. Cada um tinha que se resguardar para os seus próprios sofrimentos, que estariam por vir, isto era certo.

Sinhá Dora aguardava o padre com alguma calma agora. Seria o desejo sincero de ter seu filho encaminhado aos céus? Ou seria apenas por ela, pela sua individual salvação? Nessa ambivalência de sentimentos, ela esperava, puxando as pontas de seus fios de cabelo. Já havia parado de tremer. Era um momento tão abrupto, em que não era possível distinguir o que a movia a chamar Padre Clemente. A morte tem dessas coisas, a conjugação de todos os sentimentos. Um encontro absoluto, do amor, do ódio, num equilibrado silêncio que se perpetua. O contingente da morte, da perda de alguém, retumba maior sobre todos os sentimentos, e os cala.

Enquanto levam o corpo do menino para dentro da casa, Sinhá Dora se aproxima de Joaquim. Pede à meia-voz, voz de quem esconde, doce voz nunca antes conhecida, que Joaquim se sentasse, porque ela queria lhe dizer. Joaquim olha para o rosto da mãe de Luiz. Seus olhos estavam cinza-claros, quase foscos. De repente, tornam-se muito tristes.

Joaquim, depois de escutá-la, não responde. Ele se levanta, com os pés pequenos e alinhados, em suas sandálias de couro. Reto como um soldado, como quando brincava de coronel e bandido da cidade. Ergue a cabeça, gira o corpo, e segue, em passos fortes e demorados, que fazem a poeira de barro seco subir. Anda na direção da casa, onde se velaria o corpo de Luiz.

45

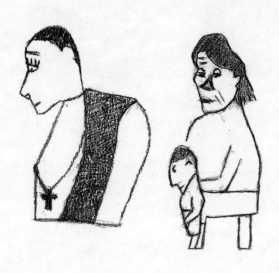

o luto

Há de se viver a morte.

Era aquela mesma porta pesada, agora entreaberta. Joaquim toma um susto com a primeira imagem do rosto de Luiz num caixão de madeira verde. Tenta se recompor, olha para os lados e percebe um amontoado de pessoas no canto esquerdo. Ao lado direito da sala, cadeiras vazias, como a igreja antes da missa, aqueles espaços de oração sempre disponíveis. A ausência como única constância. As pessoas não têm coragem, pensa Joaquim. Não têm coragem nem para vir aqui.

Pisa sala adentro e escolhe juntar-se ao grupo que está em pé. Encolhe-se onde resta espaço. Todos olham. Olham e buscam o rosto miúdo de Joaquim. Ele, pouco repara, inconformado que estava com aquela visão tão terrível, sim, a primeira vez que Joaquim presenciava a morte.

Joaquim, muito cansado, senta-se numa das cadeiras vazias. Junta as mãos, pequeninas, por entre os joelhos, e abaixa a cabeça. Pede, a um deus que não mais sabe acreditar, pede com um canto, ensinado quando criança: dorme, dorme, Joaquim, que seu amigo está no campo, Joaquim. E repete, no seu silêncio. Dorme, dorme, Joaquim, que seu amigo está no campo, Joaquim. Ouve a voz da mãe a cantar, já incorporada a si. Quando Joaquim se sente sozinho, a lembrança dessa música vem, a dominar todo seu corpo. A mesma fuga para os terrores noturnos, esta é a música que lhe acoberta repentinamente em seus sonhos. Joaquim fecha os olhos e continua o canto baixo.

O ritmo da canção de ninar faz Joaquim deixar a cabeça cair mais e mais, solta à altura dos ombros. Sente muito frio. Encolhe os ombros, cruza as pernas, e se contém em suas lágrimas. Chorava, e chorar era bom.

Um toque de mão lhe acaricia as orelhas. As duas orelhas. Reconhece naquelas mãos quentes, de pele bem fina e seca, as mãos de sua mãe. Joaquim abre os olhos vermelhos. E os olhos de sua mãe lhe são maiores. Um azul sóbrio. A beleza da dor de quem aguentou tudo e a quem ver seu filho chorar, enrustido, era pouco. Joaquim percebe naquele olhar uma cobrança. Se recomponha, Joaquim.

A mãe de Joaquim tinha sobrancelhas espessas, de cor castanho-claro, que se misturavam à cor de sua pele, da mesma forma clara. Seu cabelo era cortado reto, como o corte de uma enxada ao capim crescido. Nunca passava da altura do queixo. As rugas que cresciam em volta dos lábios mostravam uma mulher que um dia fora feliz. As rugas na testa, no entanto, eram dos momentos mais tristes. Fosse o caminho que escolhesse, sempre carregaria um peso. Peso talvez pela falta do lúdico, por algo que a iluminasse. Não era Joaquim, pelo contrário. Aquele menino lhe dera vida, foi o responsável por ela ter se esforçado, a cada dia, para erguer uma casa sólida e real.

Sinhá Teresa nunca mais teria se apaixonado após o sumiço do marido, e, logo que virou mãe, rareou seus estudos, suas leituras, seu violão. Há quem vá envelhecendo por simplesmente aceitar a vida que lhe é apresentada, e a seguir com ela, amarrada, até o fim da viagem. Uma linha reta, sem vertentes que a tornem mais comprida, mais misteriosa, o que seja. O caminho do sertão, a rua de sempre do sertão, uma reta, a rua onde todos eram vizinhos em Nossa Senhora das Dores. A vida de Teresa se deu nesse vai e vem. E talvez por saber de outras distâncias possíveis, carregou o peso de não satisfazer as suas curiosidades. Ficou apenas nesse vai e vem. O vai e vem da nuvem. O vai e vem do Buriti quando soprado.

a redenção

Pois quando tu me deste a rosa pequenina.

Caetano

Teresa levanta-se, com toda a dignidade que os olhares lhe atribuem. Deixa por um momento breve a mão no ombro do filho. Em passos largos e silenciosos, anda na direção da porta. Com o rosto voltado para o chão, pode reparar nos sapatos de quem entra. Um couro preto, reluzente, com uma fivela dourada. Sabia serem aqueles os sapatos de Padre Clemente. Mas, Sinhá Teresa não para, nem levanta o rosto. Tem dúvidas sobre a própria aparência, naquele momento tão estranho. A ela se sobrepunha um sentimento melancólico e sentia-se incapaz de se pronunciar. Padre Clemente, sensível que era à presença de Sinhá Teresa, aproxima-se, e tenta tocar-lhe as mãos. Consegue. Não dizem nada um ao outro.

Um passo que se cruza a um outro. Dois corpos separados numa troca em silêncio, cada qual em sua solidão. Era o que ela desejava no momento, estar só. Esconder-se à primeira sombra. Grudar-se à raiz de uma árvore, e voltar à terra, talvez. Saber induzir-se a um estágio em que não era nada, em que não era mãe, principalmente. Porque o que lhe doía agora não era a perda de Luiz. Mal o conhecia. Mas a dor de ver o filho chorar a mesma morte que ela um dia chorara. À que ela um dia se entregara. Aquela que foi a do pai de Joaquim, seu marido, que Sinhá Teresa veio a amar, por incrível que possa parecer amar alguém dentro daquelas condições de Nossa Senhora das Dores.

O marido desaparecera, de um momento a outro. Quando Sinhá Teresa soube, não mais o tinha por perto. Era ela e o filho de alguns meses de vida. Foi lhe dada a notícia pelo tempo. O marido que fora se confessar, demorou um dia, dois, e não mais voltou à casa.

Nem o velório Sinhá Teresa pôde fazer, porque o padre não aceitava rezar uma missa para um homem sem corpo. Dizia o padre que era uma blasfêmia. E se o seu marido apenas partiu para outra cidade? E se deixou a família?

Padre Clemente jurou à Sinhá Teresa que seu marido não havia se confessado. Apesar de que Sinhá Maria da Graça, uma senhora de muita idade, parou Teresa para lhe contar que seu marido havia, sim, se confessado naquele mesmo dia em que desapareceu. Mas, qual seria a voz de Teresa para enfrentar o padre? Asserir tamanha falsidade? Teresa preferiu desacreditar da velha, e nem ficou para ouvir o que teria para contar.

Caduca que está.

o passado

Desenrola-se um barbante

Perdida nas suas divagações, Sinhá Teresa chega a um boi. O corpo do boi é imenso, ocupa mais da metade da rua. Está parado, um marrom brilhante reflete o sol, ainda forte, em seu couro. Ela dá um passo longo demais, e mesmo assustada, por uma atração que não teria explicações racionais, quase que um descuido, encosta seu corpo no dele. O boi se vira e a encara. Seus olhos de tão negros refletem a imagem de Sinhá Teresa em tamanho mínimo, ao centro daquela pupila gigantesca. A imagem, refletida em espiral, diminui, até chegar a sumir. De um momento a outro, Sinhá Teresa desmaia. Em seu sonho, a imagem espelhada se contorce e ela não se vê mais nos olhos do boi. De repente, os olhos grandes e pretos se tornaram opacos e sem mais reflexos, e esvaeceram sua própria imagem. Sua beleza, sua juventude talvez, de um momento espelhada, fúlgida, torna-se de cera, sem brilho, empastada.

As rugas, o sol forte, os cabelos quebradiços se ramificam ainda mais, e se espalham pelo chão. Como num caleidoscópio torturante, Sinhá Teresa está num pesadelo, em que se acompanha apenas lembranças tristes. Fecha com força os próprios olhos e os abre novamente. Agora se sente resguardada de dois grandes sustos, seu inconsciente nebuloso, voraz, e o boi gigante. Contorna seu corpo para o lado oposto e tenta se afastar do corpo do boi. Olha para frente, para o portão aberto, e corre. Sinhá Teresa corre, e desaparece pela rua das casas.

a fé

Onde
choram
as crianças

As preces ao sagrado são o nosso rosto.

Joaquim nunca gostou de rapadura. Nem mesmo de caldo de cana. Desde pequeno, quando ofereceram o caldo, que a mãe serviu no lugar do leite materno, cuspiu longe. Desde então, nunca comeu do doce que brotava por todos os cantos de Nossa Senhora das Dores.

Nos primeiros anos de vida, sua mãe chegou a pensar que Joaquim morreria. Estava ficando fraco, única criança da escola que não gostava do leite da cana. Nenhuma das mães, com os seios ressequidos, podia amamentar seus filhos. A igreja ajudava, oferecendo uma pequena quantidade de leite de vaca uma vez por mês. Mas, Joaquim também o recusou com feroz espontaneidade. O que Sinhá Teresa fez foi tirar o leite da palma, comumente usada para a sopa da janta. Seiva bruta, branca. Seu menino, Joaquim, cresceu do leite dos espinhos.

Aconteceu da novidade do novo leite despertar rapidamente o mexerico da cidade. Chegou à porta da igreja, e foi tão malfalado que Padre Clemente proibiu o batismo do menino. Para Nossa Senhora das Dores, ou nascia menino filho de Deus, ou do Diabo. E não havia meio-termo.

A seiva dos espinhos.

Para o padre, o leite da palma era obra deste outro, cujo nome não pronunciava.

A palma da seca, rosa vermelha das inglórias, que brota do barro seco, aos montes.

Sem água, sem água o ano inteiro. Não fosse o carisma da mãe de Joaquim, tão insistente em sua crença religiosa, como se a ela, um filho sem batismo de Deus não era filho. O menino cresceria sem nome, extorquido da palavra da própria família e do amor divino. Um natimorto.

Pois que não.

O destino foi contornado pela insistência, pelas lágrimas daquela mulher, de cerca de vinte e oito anos. Sinhá Teresa guardava em si, no fundo dos olhos, um azul agudo que, por Deus, não era catarata, e que veio, veio a cativar o padre. Levou-o a acreditar, simplesmente, na beleza que emoldurava a alma. Viúva. E a dar-lhe o batismo do filho. Seu filho único, Joaquim, de olhos tão claros feito os dela.

A mãe de Joaquim se dizia livre de todos os pecados do mundo.

Passarei em vida pelo purgatório se necessário.

Repetia diversas vezes ao padre.

O sentimento de pena do padre crescia enquanto ela relatava, entre lábios muito finos, que pouco se separavam, o momento em que o pai de Joaquim veio a desaparecer, quando o menino completou um ano de idade. Era uma mulher sem nada além daquele filho, e jurou que nunca mais viria a ter caso com outro homem, fosse a ela concedido o batismo de Joaquim.

Sinhá Teresa era filha de um fazendeiro de muitas posses na região. Fora educada desde cedo com recursos da literatura e da música. Por que ficara por lá, jogada, a observar, por aquelas terras sem conversas, de gente doente e calada? Por que resolvera continuar a viver em Nossa Senhora das Dores? Talvez estas fossem perguntas às quais nunca se atrevera. Embora os estudos, Sinhá Teresa era uma alma acomodada. Escolheu pelo silêncio dos outros e nele se encostou.

Saberia, assim como os outros, a condescender, e rezar. À espera de um céu que lhes acolhesse a passagem a este mundo das flores, que Padre Clemente tanto prometia. Toda missa de domingo, às onze da manhã, pregava:

Esta cidade que, acolhida pelos braços do Pai, se fará flores, e resignará seu nome, dor. Rezemos meus caros. Só a paciência e a perseverança eternizam a salvação.

Com o nascimento de Joaquim, Sinhá Teresa obrigou-se a assistir as missas de olhos fechados. Embora não fosse culpada, tanto o sumiço de seu marido quanto o filho do leite de espinhos causaram nela um sentimento envergonhado e humilhante. Um sentimento de olhos maiores, e por esta razão, preferia se impedir de ver. Fizera das frases de Padre Clemente seu último apoio, e se agarrara a elas como se a uma planta de raiz rasa, próximo a um abismo, simples assim. Teresa ficou sem rumo, e a igreja deu-lhe o amparo.

Dez dias depois de tanta insistência, Sinhá Teresa levou Joaquim ao padre para ser examinado. Padre Clemente era de estatura média, ombros arqueados para frente, cabelos ruivos em pequenos cachos. Seus olhos castanhos-claros, quase amarelos, se afundavam profundamente e ressoavam em rugas finas e circulares. Sua figura despertava certo medo nas pessoas, não fosse a voz doce que acalmava qualquer um que dele se aproximasse. Sua voz trazia a serenidade de uma canção de ninar, embalada, principalmente, pelas palavras da misericórdia.

O confessionário, de madeira antiga envernizada, quase negra, era tão apertado que o padre se sentava numa postura perfeitamente reta. Seus pés encolhidos sempre se esfregavam ao ouvir as falas repetidas de homens, sem variações. Uma verdade única, a confissão que era comum a todos, e não ultrapassava, em momento algum, as barreiras da verdade individual. Há anos que nenhuma história despertava seu interesse.

Um vento pela fresta da janela, as janelas sempre fechadas da igreja de Nossa Senhora das Dores. Sinhá Teresa era uma vida num tempo diferente. Ele a enxergara, através das grades do confessionário, que se cruzavam em detalhes, como se tivessem sido teadas em madeira. Vira ali um rosto. A constância de seu rosto, cada vez mais a dar-se, dia a dia, em sua pequena e satisfatória fuga.

Sinhá Teresa e Padre Clemente gostavam muito um do outro. Ele reconhecia nela cultura, e sabia se tratar de uma mulher diferente das demais. Sinhá Teresa de Oliveira. Era esse o seu nome. Aproximou-se certo dia lentamente do altar, a carregar uma criança no colo. Joaquim de Oliveira. Com seus cabelos louros espetados, finos, quase que transparentes, que balançavam pelo mais fino vento. Cabelos que traziam ao padre a lembrança da plantação de milho da casa de sua família em sua cidade natal, Piranhas. Ainda menino, quando via a plantação da porta de sua casa, se abria um caminho sereno. Talvez tenha sido desta imagem que proveio a vocação para a eucaristia.

Sinhá Teresa colocou Joaquim nas mãos do padre, confiante. Tão logo o padre sentiu o peso da criança, emocionou-se. Seus olhos rígidos se dissolveram e surgiu uma lágrima. Joaquim estava salvo, foi o que Teresa pensou quando o padre se voltou com olhos vermelhos:

A noite é terrena frente ao dia. Tudo se fará claro. O céu branco irá se sobrepor. Claro é o Reino de Deus.

o juiz

Porque nada ficará impune.

Ao que o padre adentra a sala principal do velório do menino Luiz, Sinhá Dora cai de joelhos. Grita, numa histeria sem controle. Pelo amor de Deus, diz, e seu rosto quase cola-se ao chão. Os outros, agrupados como as abelhas com seus zunidos, olham o padre com certa inocência cautelosa, por não saberem como reagir. O padre levanta a mão direita para que se acalmem. Após o gesto demorado e o silêncio atingido, leva as duas mãos fechadas junto ao peito, e com uma inspiração longa, inicia a reza de Ave Maria. Todos acompanham em coro.

Quando diz a frase rogai por nós pecadores, agora e na hora da nossa morte, a voz de Padre Clemente ganha certa gravidade. Diz muito pausadamente, e aperta ainda mais suas mãos contra o peito. Ao finalizar, abaixa sua cabeça para reprimir o suspiro triste que logo se sobrepôs, sem que ninguém o percebesse. Enxuga com as costas das mãos os olhos secos. Amassa as pálpebras, quase que com violência.

Padre Clemente se dirige para próximo do pequeno corpo em velório, quando a ele se junta Sinhá Dora. Dobra os joelhos lentamente, até se agachar, e tem Sinhá Dora como sua sombra. Com um leve movimento de mão, porém, corta a impressão espelhada, e tenta erguer o rosto de sua própria sombra. Ao se abrirem, os olhos de Sinhá Dora são de uma expressão contida, de um vermelho terrível. Olhos da cumplicidade.

Fosse qual fosse a culpa daquela mulher, todos já haviam se conscientizado de que Luiz morrera propositalmente. A dor, contudo, a perda de um filho, era por hierarquia de qualquer lei, um sentimento maior. E aquela mulher, por si já apedrejada internamente, foi assim abençoada por Padre Clemente.

Padre Clemente leva sua mão à cabeça de Sinhá Dora.

Todos se emocionam, e aplaudem. Eles próprios estariam salvos, estava ali, num caixão minúsculo de madeira pintada em verde-claro, o rosto da doença, a doença. A única justiça seria afastá-la.

79

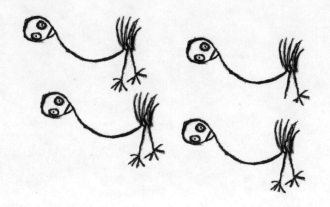

a justiça

Sua violência cairá sobre a sua própria cabeça.

(Bíblia, Salmo 7, versículo 16).

Quem não está satisfeito é Joaquim. Com raiva, levanta-se da cadeira e grita em voz esganiçada e chorosa, é mentira, vá ver Padre Clemente, Sinhá Dora matou também as galinhas. Matou as galinhas! Mas o padre não lhe dá ouvidos. Nem ao menos volta o rosto ao menino Joaquim, prostrado que está o padre, preso em seus próprios pensamentos.

Joaquim dá três passos no sentido do caixão para se despedir do amigo. Levanta o pano de renda branca que cobre o rosto de Luiz. O que vê é o rosto de um velho. Sente repugnância. Larga o pano e dispara em direção da saída, empurrando todos à sua frente.

Padre Clemente, com um movimento repentino, larga as mãos de Sinhá Dora. Mas ao movimento não se tem continuidade. Por uma culpa abrupta, volta a lhe abraçar as mãos. Com mais delicadeza no gesto desta vez, volta a sua mão e começa o caminho para fora da igreja. Sinhá Dora, ainda em estado lastimável, com olhos esbugalhados de desespero, retribui a saída do padre com grande energia nervosa. Inicia um grito único, com as mãos que se estendem ao padre, e puxa para si sua bata. Deus sabe o que faz. Deus sabe o que é justo. O padre força o seu caminho, apressado, em passos largos e com a cabeça baixa.

Ao chegar à porta de saída, um vento abafado trouxe ao padre uma imensidão vazia. Uma tonalidade escurecida, repousante. Mas a voz de Joaquim não se cala internamente, vá ver as galinhas. Padre Clemente avista o casebre ao lado direito do terreno, num verde desbotado. Era o limite da sua vista, dado que a escuridão da noite já se sobrepunha sobre os objetos mais distantes. Desvia em direção ao casebre. Usa passos largos, ritmados, como se seguisse as batidas de um réquiem. Caminha sob o peso da própria sombra. Esta agora lhe acompanha.

Olha para trás, e busca averiguar se alguém o observa. Todos continuavam no velório do corpo de Luiz. O corpo de Luiz. Povo que, acostumado ao sofrimento, perpetua o sofrer ainda mais, como um querer, uma promessa de eternidade infernal, pensa Padre Clemente, enquanto meticulosamente examina o casebre. Ao chegar à quina da parede de madeira, foi que vê. Mas antes de se dar o tempo de alguma conclusão, tomado por certo nervosismo, uma falta de controle que não lhe era usual, caminha em passos rápidos, quase corre na direção oposta ao casebre.

Próximo ao portão, ofegante, depara-se com um cabra que carrega seu chapéu. O cabra o cumprimenta com reverência, abaixando o tronco. Padre Clemente não hesita, e a ele diz numa só respiração:

– Limpe as galinhas mortas.

O cabra faz um sinal assertivo com a cabeça.

– Estão atrás daquele casebre – diz Padre Clemente. Com uma pausa, novamente dirige-se ao cabra:

– E, por favor, não conte a ninguém, nem do que viu, nem do que fez.

Embora não respondesse em palavras, para este homem, não havia questões frente à ordem do padre. Padre Clemente roda o corpo com ligeireza, e o vulto negro da batina segue um movimento próprio e diferente. Procura pelo terço na própria batina, sente a necessidade de tê-lo em mãos. Porém, não o encontra. Havia deixado cair, sobre as galinhas mortas talvez.

Mais nervoso agora, aperta o cinto em que prende a batina. Começa um caminhar em passos curtos, a respiração é curta. Sente no peito um ar preso e randômico, uma fumaça acinzentada. Mas não pode parar. Um teor de sofrimento dá-lhe à boca um gosto enjoado, áspero.

O rosto incha sem ar. As contorções vinham desde a parte lateral do pescoço, numa tensão maldita, que estica os ombros e encurta os braços, até a parte frontal do peito. O padre junta os braços ao corpo, espreme-se para conter a dor. Porém, logo lhe alcança as pernas – um inchaço que pode ser sentido pela quentura do sangue. Aos poucos, arrasta os pés com dificuldade. Força-se a continuar, em postura ereta, a voltar à igreja e a deitar em sua cama. Quer avistar pela janela o céu de lua, como sempre faz quando está no seu quarto quando chega a noite.

Padre Clemente aos poucos dobra os joelhos, até cair de quatro sobre o chão de barro. Arranha as palmas das mãos com as pedrinhas fincadas, para finalmente deitar-se tranquilo e aliviar todo o terror.

Mais à frente, na mesma rua, Joaquim continua a correr. Reconhece a voz de sua própria mãe, numa cantiga lamuriosa. Joaquim a busca num abraço, mas a mãe não corresponde. Fica calada e afasta o menino de seu corpo. Este gesto era comum a Joaquim. Sinhá Teresa sempre insistia em manter certa distância do filho. A distância pelo que ele simboliza. Era Joaquim, infelizmente, a última memória que guardava de seu marido.

87

a fuga

A fuga é um momento em suspensão.

Na manhã seguinte, o corpo do padre é encontrado, ainda desacordado, jogado na rua de barro. Quem o encontrou foi o mesmo homem que trabalhava para Sinhá Dora, a quem o padre ordenara que limpasse os restos das galinhas. E foi esse o primeiro rosto que o padre viu quando acordou. Ao ganhar consciência, embora ainda tonto, reconheceu aquele rosto redondo e pálido, o que fez com que arregalasse os olhos, e que se voltasse ao seu estado mais atento.

— Fez o que pedi? – disse o padre, caído nos braços suados daquele homem malcheiroso, do qual nome não sabia.

— Fiz, fiz sim, senhor.

— E alguém viu, alguém viu enquanto limpava o terreno?

— Viu não, senhor – diz, e puxa o corpo do padre em direção ao seu próprio corpo, de maneira a levantá-lo.

Padre Clemente evita a ajuda do cabra. Por conta própria, empurra os joelhos contra o chão.

– Ah! – diz o padre, com enorme irritação. Nunca em sua vida esteve em tal estado depreciativo. Recorda-se apenas de uma única vez, quando fora jogado para frente pelo seu cavalo, ainda criança. Caiu sobre uma cerca de arame farpado, que lhe cortou o queixo, como mostra a pequena cicatriz aos raros íntimos. Naquele momento, era como se um cavalo tivesse corcoveado, num golpe ainda mais brusco. Fica de pé e sacode a batina para que a terra se espalhe. Abençoa o cabra, o que não era de seu costume fora da igreja.

Por mais estranho que possa parecer, o padre não desejava voltar à igreja desta vez. Aquele sentimento de vazio da morte de Luiz havia corrompido suas próprias certezas. Enquanto se recompõe, seu sonho mais comum retorna. Lembra-se da plantação de milho de sua cidade da infância.

Vem correndo, ao longe, um menino. O menino passa direto. Joaquim vai ao casebre para constatar novamente as galinhas mortas. As galinhas haviam desaparecido. Encontra um terreno baldio, no qual um olhar mais atento perceberia vestígios de sangue. Ninguém mais acreditaria em Joaquim sem a prova dos corpos das galinhas. Chuta um pouco a terra. Avista um terço, feito em madeira envernizada. Logo reconhece ser o terço do padre

– ninguém na região tinha um terço tão bonito, a não ser sua mãe, que mantinha um terço como aquele pendurado na cabeceira da cama de viúva em que dormia.

Padre Clemente não rezará a missa das seis. É a notícia que corre na cidade. Em seu lugar, Padre Tiago. Padre Clemente abandonou a batina. É a segunda notícia que corre na cidade. Mas, para evitar o burburinho, antes de ir embora para a sua cidade natal, Padre Clemente monta um palanque no meio da praça, em frente à igreja. Diz, na sua voz mais alta, que sairia por um curto período de tempo, e que logo estaria de volta. Uma visita aos parentes, diz, pela necessidade do espírito. E que todos o compreendessem.

Padre Clemente desce do pequeno palanque armado em madeira. É consumido por uma sensação eufórica. A euforia após um susto, depois da noite tão escura, jogado ao chão. Era como se ali, deitado na terra batida, havia deixado a morte, e por um curto e fino espaço de tempo, havia decidido se prender à vida. Lembra-se bem de quando escolheu sobreviver.

Padre Clemente pensa na queda que lhe acometeu na noite anterior. Era muito parecida com a queda que levou ao andar de cavalo, quando criança. Lembra-se que, naquele incidente, não chorou. A mãe lhe proibira de chorar. Desta vez, sente a tristeza, da mesma maneira, pesar numa sombra escura que aos poucos cresce abaixo de seus olhos. Um peso acumulado, sem choro desde a infância. Pensa na tristeza dos olhos de Sinhá Teresa. A grade de madeira do confessionário, e seus olhos rasos e tristes. Estava enlouquecendo com a justaposição de imagens desta mesma mulher.

Quer logo partir. Nem ao menos ficaria para ouvir o que Padre Tiago tem a dizer. Foi o que primeiro fez, tirou a batina no quarto, atirou-a na cama de solteiro, de madeira, com uma cabeceira alta, e, o que mais parecia uma condecoração, era uma imagem de Espírito Santo imensa, que o próprio padre levara da igreja de Piranhas. Percebe a cor azul-claro que cobre o fundo da imagem, que, para a sua surpresa, tinha os olhos do pássaro abertos. Deslumbrante eram as asas brancas daquele pássaro, que brilhavam, agora, aos olhos firmes do padre. Abaixa a cabeça, e quase com o pescoço sobre o peito, faz o sinal da cruz. Sente como se naquele momento seu sentimento de fé fosse imenso, capaz de trazer a chuva. Um sentimento imenso, pela primeira vez sentido.

Abotoa a camiseta de linho branca até o último botão. Por alguma razão, o novo terço que escolhe para pendurar no pescoço, de conchas avermelhadas, quase da cor do vinho, estava coberto pela camisa. Não se vê nada do terço. Padre Clemente, um homem jovem e comum.

Com os cabelos, pela primeira vez, levados ao lado, contendo os cachos num penteado grudado com água. Era um homem jovem e bonito. O padre persegue sua imagem, a persegue em todos os detalhes. Gosta do que vê. Sem a batina, engrandece-se, ao contrário do que sua mãe poderia pensar, que desde cedo vislumbrara a imagem profética do filho. Mas a batina não lhe era nada. Um uniforme apenas, um cargo. Nada como a fé em liberdade. Um corpo livre ao amor. Um corpo não mais represado.

O milharal. Os olhos de Teresa. A primeira e última lágrima de Teresa. Deslumbrante era a sua lágrima. Ao que, de repente, Padre Clemente se permite chorar. Chora aquela lágrima acumulada de muitos anos. No momento seguinte, sem despedir-se, deixa a cidade.

a saudade

A saudade é o sentimento mais solitário.

Sinhá Teresa estranha a multidão que se aglomera na praça. Não era dia de quermesse ou de qualquer outro festejo. Mas, ao se aproximar, logo viu que Padre Tiago declamava uma passagem bíblica, com o livro à mão, e que todos o acompanhavam na leitura. Ela crê que encontraria Padre Clemente no confessionário.

A porta da igreja contém um vitral colorido, fosco, e a imagem de Espírito Santo que transborda em cores escuras, sombreando o que poderia ser claro. Uma igreja toda branca, sua beleza virginal. Desde as imagens, simples, em madeira antiga, cobertas por uma tinta que começava a descascar. Até o piso, igualmente em madeira, que deslizava de uma parede à outra da pequena igreja.

Teresa faz o sinal da cruz ao olhar a imagem de Jesus sobre o altar. Demora-se mais no gesto do que de usual. Desvia o olhar. Procura pelo padre, principalmente. A igreja está vazia, silenciosa. E nenhum sinal de Padre Clemente. Foi que, por curiosidade, e certa aflição de não ver o padre de braços abertos para recebê-la, resolve certificar se ele não estaria no corredor que encaminha aos cômodos internos. É um corredor muito comprido, aterrorizante, com um espelho ao fundo, que reflete a imagem de quem o adentra, como uma miniatura.

Quem saía de lá para a nave da igreja era Dona Evangelista, com seu coque de cabelos brancos preso rente à altura da nuca, e seu olhar caído, que sempre olhava o chão. Dona Evangelista tinha cerca de oitenta anos. Uma das mulheres mais idosas da cidade. Desde os vinte, habitava a igreja, embora nunca tivesse se tornado uma freira. Não tinha estudos, nunca acreditaram em sua capacidade. Dona Evangelista sofria de certa questão emocional, certo trauma, talvez, que lhe inibia a fala. Desta maneira, as pessoas tratavam-na como alguém inexistente. Na verdade, não faziam questão de conhecê-la, nem ela, tampouco, tinha interesse em socializar. Dona Evangelista tinha, principalmente, grande apego a todos os objetos da igreja, a ponto de preferir sua rotina com eles, a se relacionar com pessoas. Cuidava de todos com muito zelo. Desde os castiçais de prata, que semanalmente limpava com pasta de dente, aos móveis de madeira de jacarandá, que encerava, uma vez por mês. Seu olhar não via pessoas. Apenas o chão, os móveis, seus brilhos e suas inadequações.

Sinhá Teresa deixou-a passar, à Dona Evangelista

pouco importava se a cumprimentavam. Ela caminha em passos cautelosos aos quartos. Nunca havia estado ali antes, mas sabia que o quarto de Padre Clemente seria acessível por uma daquelas portas. Algo lhe diz, um silêncio maior, que não se preocupasse, porque Padre Clemente não se encontraria por lá. Seria uma situação no mínimo constrangedora encontrá-lo em roupas diferentes das da igreja, e que ele a percebesse vasculhando cômodos que não eram próprios a todos, eram privados ao padre, a ele e à Dona Evangelista.

Sinhá Teresa, tomada pela confiança de um ladrão, desiste de se preocupar. Caminha em passos retos e seguros à única porta que se mantém fechada, das outras quatro que emolduravam o corredor. Ao centro da porta, cravado, um crucifixo presunçoso.

Pensa Sinhá Teresa que seria bem característico de Padre Clemente esta vaidade religiosa. Sempre tinha em mãos terços elaborados, batinas rigidamente bem passadas, uma vestimenta à qual não cabia dúvida sobre o vínculo de Padre Clemente com a Igreja. Sua vaidade calaria as dúvidas que pudessem aparecer em relação ao lugar que ocupava. Sinhá Teresa, por mais que não considerasse belos os traços do padre – seu queixo metido, um tanto achatado, sua testa larga, de sobrancelhas grossas e unidas –, ficava fascinada com aquelas vestes.

Ao abrir a porta, constata ser mesmo o quarto de Padre Clemente. Mas onde estava com a cabeça para invadir aquele quarto assim? Talvez dividisse do mesmo silêncio pelo qual passou Padre Clemente, desacordado durante uma noite inteira, jogado numa rua de terra. Aquele silêncio que Sinhá Teresa também ouve, e que lhe angustia. Toma seus sentimentos e os leva a um poço sem fundo. Naquela manhã, busca, e busca. Abre uma porta que não é sua, abre sem culpa. Seu desespero ligado, atento a encontrar uma mudança de vida. Age num ato inconsciente. Poderia apenas ser desculpada por seu desejo real de que Padre Clemente a encontrasse. De que ele a visse ali, em sua cama.

Leva sua mão direita até a porta, e com muita cautela e vagareza, abre toda a envergadura. Seu movimento que, de tão leve, conduz a porta pesada a um ruído fino, até se encostar à cama, numa abertura incompleta. A porta que abre o quarto a uma visão central. E era perfeita a disposição paralela de móveis, num equilíbrio de proporções. O quarto se distende como uma cruz. À frente, uma janela. Fechada estava, com suas grades verde-escuras. À sua esquerda, Sinhá Teresa se emociona ao ver a cama do padre. Um sentimento terno de um dia poder abraçá-lo durante uma noite completa. De poder, com ele, dormir. Uma cama estreita, de cabeceira alta, com suas finas arestas de uma madeira clara, envernizada. Acima, a imagem, quase que assustadora de tão grande, do Espírito Santo. À sua direita, ocupa toda a extensão da parede, uma cômoda antiga, dividida em gavetas finas e largas. Eram mais de dez gavetas, e Sinhá Teresa descansa seu olhar um pouco por ali, a pensar o que tanto o padre escondia.

É Dona Evangelista quem a dispersa com um estrondo oco que veio do final do corredor. Sinhá Teresa vai até a porta e vê de longe que ela está debruçada sobre o chão, a carregar com as duas mãos um castiçal de prata escurecida. Decide ir em sua direção, numa intenção esquiva, a aparentar não saber muito bem onde estava. Dobra os joelhos à altura de Dona Evangelista, e pega o castiçal de suas mãos, colocando-o sobre o pequeno móvel com espelho, que decora o corredor. Dona Evangelista não a olha. Acompanhou com os olhos que o castiçal seja devolvido ao lugar certo, e volta a olhar o chão, parada. Teresa percebe, com aquele silêncio fixo e incômodo, que Dona Evangelista lhe pedia uma explicação, uma explicação por estar ali.

– Eu me perdi. Procuro pelo padre.

Dona Evangelista assente, num movimento rápido com a cabeça, e contorna o próprio corpo num giro lento. Teresa não entende. Mas quando aquela senhora, tão curvada, fez um esforço tremendo para se comunicar, Sinhá Teresa percebe que indicava que a seguisse. Ainda um pouco trêmula, perturbada com aquele vazio branco do quarto do padre, com certa tontura, com o desenho da cama do padre em mente, Sinhá Teresa a segue, também com os olhos voltados para o chão.

tende piedade

Cordeiro de Deus, que tirais o pecado do mundo, tende piedade de nós.

(Cordeiro de Deus)

Padre Clemente chega à cidadezinha de Piranhas de ônibus. De dois em dois dias, um ônibus com destino final a Delmiro Gouveia para em Nossa Senhora das Dores por volta das quatro da tarde. A Piranhas, seu destino, por volta das oito.

Padre Clemente encosta a cabeça como pode naquele couro envelhecido do ônibus. Pedaços de algodão sujo pulam de um tecido com furos de cigarro. Uma linha grossa de pó é jogada aos lados, por onde os pneus abrem caminho. Padre Clemente imagina a sensação de ver alinhados os telhados opacos de Piranhas. A prepotência de sua igreja alta, com um vitral vermelho na torre. Tenta se lembrar do brilho de sua própria casa, um azul-claro que emoldurava as janelas. Aquela lembrança lhe é tão profundamente familiar, que Padre Clemente chora precipitadamente. Sua família lhe traria a resposta que tanto buscava naquele momento rasgado de sua vida. A mãe e o pai, ainda juntos, esperam de mãos dadas seu filho na estação.

Clemente era seu único filho.

Padre Clemente, desde pequeno, sempre recebeu tudo o que fosse de seu desejo. Com a pobreza contornada por pratos fabulosos de sua mãe, à mesa, era o primeiro a ser servido. Os pais que, por falta de qualquer sofisticação ou de sonho, adiavam suas próprias vidas sem saberem, de maneira inconsciente, para que seu filho pudesse viver. Deram-lhe tudo. Aquele menino magro, esbranquiçado, de ombros pequenos, traria a eles a abastança de um campo verde e irrigado, no lugar daquele jardim de ainda poucas flores, que contornava a casa da infância. Com todo o esforço, um dia o pequeno Clemente levantou as saias da filha de uma vizinha. E de outra. E de outra. Todo o sonho derrocado. Precisou ser mandado para outra cidade.

Seu pai, quando o filho completou seus dez anos de idade, foi ter uma conversa com o padre da paróquia de Piranhas e ali se estabeleceu uma promessa. Não se tratava, há quem se engane, de pagar pecados. O pai de Padre Clemente era um homem santo. Talvez pudesse se culpar por ser um homem de ambição. Numa cidade como aquela, a ambição era bem-vista, pois era raro o homem com a capacidade de pensar para além da paisagem de terra batida.

Prometeu ao Padre João que iria lhe entregar o filho. Que nunca mais precisaria vê-lo, inclusive. Pediu-lhe, em troca, uma sepultura no cemitério de Piranhas, que ficava na parte lateral da igreja. Uma cova medida a ele e à sua mulher. O padre concordou, e antes de negociar o escambo, preferiu as palavras da fé, o que importa é seguir Jesus, embora tudo tivesse sido acertado num aperto de mão entre os dois. E o fraco menino Clemente, de perversidade ingênua e ainda não identificável, passou a habitar a paróquia de Piranhas.

A imagem de seus pais à porta de casa lhe engrandecia a infância. Recebe o respeito que os olhares lhe destinam, e com seu corpo agora crescido, senta-se à cabeceira da mesa, sem ao menos dizer uma palavra. Busca com o garfo a maior porção da carne de sol estirada numa panela de cerâmica que se deita sobre a mesa. A carne de sol, num vermelho opaco, suas lascas secas, um cheiro de gordura e sal. A mãe serve-lhe da mandioca em pedaços fartos e molhados na banha da própria carne. Uma mistura de onipotência, amor e raiva se misturavam também àqueles gostos e aos olhos de sua mãe. Sua vida inteira passa nos olhos da mãe, uma história sobre a qual Padre Clemente não teve poder de escolha.

Crescera na paróquia, num quarto sem janelas. Padre João lhe dava ensinamentos de filosofia e de teologia. Ensinara-o a ler. Desde então, lia a bíblia tomado por certa obsessão, por querer encontrar na leitura uma saída mais doce e mais calma, para poder conter tal ódio que lhe crescia aos poucos, longe de casa, dos meninos e das meninas da sua idade. Trabalhava nas manhãs, na pequena plantação voltada para a subsistência da igreja. Quando completou vinte e um anos, foi apontado para tomar conta da igreja de Nossa Senhora das Dores, a cidade mais pobre da região. Clemente era o escolhido, nisto se fazia quase quinze anos atrás, quando ainda não havia a doença em Nossa Senhora das Dores.

Dois grandes obstáculos que Padre Clemente viera a enfrentar. A doença e a paixão proibida por certa jovem da cidade, de olhos azuis. Eram essas as forças que tanto corrompiam seu sono. O acúmulo de uma angústia disfarçada em pesadelos se sobrepunha em olhos pesados, sombreados e entreabertos, estivesse dormindo ou acordado. As pessoas evitavam olhar o padre nos olhos, senão por respeito, por medo mesmo. O par intangível do amor e da doença. E mastigava a carne, sentia seus pedaços com os dentes.

Depois de quinze anos em Nossa Senhora das Dores, era como se não pudesse mais viver sem Sinhá Teresa. Um amor louco, sempre desperto ao som de sua voz. E, no momento seguinte, quando Sinhá Teresa abria aqueles olhos de um azul profundo, ele caía num terreno sem solo, vazio. Não havia resposta frente ao seu desejo de impossível, e pareciam revoar, sobre o seu corpo, pensamentos exasperados e encobertos. Como isto se fazia perigoso.

Não tinha controle algum, a não ser o de satisfazer a todas as vontades e as queixas de Sinhá Teresa. Queria dar-lhe presentes, perfumes que trazia da cidade de Piranhas, queria lhe dar uma casa melhor, uma esperança nova de vida – por ela poderia inclusive migrar-se dali. Porém, o que a vida só lhe fez possível foi o encontro de todo dia, fosse ao acaso da Rua do Buriti, fosse na intimidade de uma conversa no confessionário da igreja. A vida só lhe servira deste pouco, enquanto mastigava, sem fim, a carne toda servida pela sua mãe.

Padre Clemente assistia hoje a relação dos pais como troca de favores. O amor, que um dia nutrira, posto de lado, no aparador, aguardando o seu momento finito, quando olharia para trás com carinho, ao despedir-se dos dois, quando, no momento da morte. O amor que prostrava há anos, ao lado de uma mesa farta em formalidades e pensamentos voltados ao futuro do filho.

Nunca perto de seu pai Padre Clemente pôde falar de amor. Apenas de Padre João tem a lembrança, de uma tarde em que lhe narrou, embriagado de vinho. Disse sobre uma paixão proibida, entre dois jovens de famílias opostas. E que para ficar junto de sua amada, o rapaz teria tomado um veneno de um dia de duração. Ela receberia um bilhete, e no dia seguinte, quando o rapaz acordasse, dado como morto, os dois fugiriam juntos da cidade, para viver o amor proibido. Porém, a jovem donzela nunca recebera o bilhete, e pensou que seu amado tinha se matado com o veneno. Para se juntar a ele na morte, ela se suicida com um punhal. Ele acorda, vê sua amada morta, e, em desespero, se mata, igualmente.

Padre Clemente termina a refeição e se retira da mesa. Pudera ele apagar as marcas do que foi feito. Pudera ele também redimir sua culpa, limpar suas mãos. Pudera chorar a liberdade de amar ou de não amar. Preso na impossibilidade de um amor, deita-se sobre a cama estreita e dura, de palha amassada. Uma ardência no corpo torna a pele irritadiça. Pensa, enquanto se coça, no momento em que descobriu que poderia matar, já que morto estava. Seus gestos impotentes, dentro daquele caixão de madeira que era o antigo confessionário da paróquia de Nossa Senhora das Dores. Seu olhar, o único sentido livre que ainda tinha. O único poético, que quando criança gostava de apreciar o horizonte da paisagem da plantação. Seu olhar, agora esbranquiçado. O veneno, pensou. A morte como solução.

o caos

Eram todos pobres.

Vocé é um homem, Joaquim. Diz-lhe a mãe e repete: você é um homem, Joaquim. E passa-lhe a mão na cabeça, como se pela última vez. Aquele toque no rosto prolongado, o toque do amor sem fim.

Um homem. A palavra sem origem conhecida, vem para criar um estrondoso barulho em sua mente. O que vinha a ser um homem?

A luz de vela fundia-se a do luar que vinha da janela. O rosto de Joaquim, pálido, com seus olhos pretos pestanejantes. Não era sempre que observava seu rosto no espelho. Apenas quando sua mãe ordenava. Joaquim via um corpo tão fraco, de alma fina e branca, cuja vivência parecia mais a ponto de diluir-se com a primeira chuva. Um corpo sem fantasias, semidesnudo. Naquele começo da noite, porém, pensa no que poderia fazer, de si, um homem.

Procura pela casa com os olhos afoitos como os de um animal com fome. Pequenos crucifixos em madeira, imagens de santos, que pequenas, colorem pontilíneas, os poucos móveis jogados, a parede entulhada de barro e de tijolo. É despertado por um objeto, unicamente. Na cozinha descansa sobre a mesa o facão de cortar a carne. Carrega consigo com as duas mãos e vai em direção ao espelho. Vê-se ali, pela primeira vez, com certo contentamento. Um homem. Apoia a lâmina da faca no ombro esquerdo, estaria mudado desde então.

Uma excitação nervosa sobe latejante, desde os pequenos pés que encostam no chão. A valentia ergue seus ombros, cerra os olhos um pouco mais. Sua mãe se aproxima e tira a faca de suas mãos. A excitação dura pouco, e é consolado com um novo afago na cabeça. Quando Joaquim retorna a olhar a imagem refletida, se percebe mais fraco do que nunca. Chama a mãe, pede que sua mãe retorne. A mãe não vem. Um homem. A expressão grave retorna devagar ao seu rosto, mas não se sustenta. O lusco-fusco de uma noite que chega silenciosa cria um contraste com seus olhos que, fixos, se direcionam a um ponto perdido para além do espelho. Persegue um ponto cego, de fuga, pelo não contentamento alcançado com a própria imagem. Joga a sandália no espelho e estraçalha a imagem.

O que era um homem, afinal? Na missa da igreja só percebia homens fracos, com os ombros entregues para frente, barrigas infladas e os olhos vermelhos. Homens pobres. Se forem aqueles os homens, não quer ser um.

Se forem aqueles os homens, pensa melhor ser bicho. Os homens eram todos pobres. Da tenra idade da criança, à velhice, eram todos pobres. Vesgos pelas horas que passavam iguais, sem crescimento. Velhos, viriam a tornar-se miúdos e a se comprimir na busca de uma mãe eterna. A morte era a mãe eterna, que iria abraçar-lhes.

Joaquim se estica. Quer do seu reflexo a altura. Irá buscá-la todo dia, de agora em diante. Buscaria sempre a mesma sensação que teve ao ver espelhada a imagem de si com a faca na mão.

o desejo

Age, age sem culpa.

Padre Clemente retorna de Piranhas ainda em conflito. A imagem de Sinhá Teresa aparece como flashes de luz, enquanto estuda o sermão que falará na próxima missa. Emparelhados, os dois objetos trazem às suas ideias um sentido único, uma ilusão que se fixa à palavra, como se descoberta, amor.

Separados pelas finas e condecoradas barras de madeira, sentados no confessionário, um gesto poderoso e violento surte sobre Padre Clemente, um gesto irretocável. Sem defesa contra a própria vontade, estreita sua mão direita por entre as barras de madeira. Padre Clemente jamais tocara uma mulher, desde que tinha oito anos. E de leve, no silêncio criado pela respiração apaziguada de Sinhá Teresa, leva a mão ao seio dela. Sobre o grosso tecido de algodão, sente a ponta miúda, uma carne rígida. Fica de pé, e estende ainda mais o braço. Sinhá Teresa consente espontaneamente. Libera os primeiros botões da blusa de algodão, para que o padre continuasse. Ele roça o bico com a ponta dos dedos, e estica a palma da mão delicadamente. Abraça os seios duros e pequenos, menores que sua própria mão.

Sinhá Teresa deseja por mais. Aproxima-se da teia do confessionário, seus ombros quase se encostam à madeira. Pede-lhe que, por favor, continue.

Fazia anos que Sinhá Teresa também não via, sentia ou falava com um homem. Às mãos espalmadas e quentes, grosseiras até, com seus calos firmes. Sonhara por algum tempo com aquela sensação. Dizia ao padre, embora acometida pelo medo do pecado, dizia a ele, que certas noites seu corpo carecia de tanto frio. Inúmeras vezes ela lhe confessou, por aquelas mesmas grades, que ela própria se tocava, a observar a liberdade das estrelas pela pequena janela.

Padre Clemente nunca deixou de ouvi-la, contudo, sempre esteve para ela no papel de castrador. Neste momento invertido, era o padre que lhe contava de seu desejo. Usava do carinho que por tanto tempo, contido, trouxera-lhe desalento. Era o limite do tempo, como se, se não o fizesse, sentiria os olhos doerem para sempre, esmagados pela imagem inviolável. Padre Clemente mantinha os olhos fechados. Tocar-lhe os seios formava uma imagem em caleidoscópio, um giro simples do mundo.

– Padre Clemente, continue – diz Sinhá Teresa.

O padre diverte-se com o toque. Apertava mais forte as pontas dos seios de Sinhá Teresa, de maneira a beliscá-las.

– Ah – diz ela. E se contendo da surpresa daquele gemido, volta à voz de respeito usual. – Continue, Padre Clemente, por favor.

O padre, tomado pelo mesmo respeito, e da mesma maneira surpreso, puxa suas mãos de volta para junto do próprio corpo. Mantém-se ali, calado por um tempo. Mas, no momento seguinte, abre a estreita porta do confessionário. Dirige-se para fora, usando um passo calmo e silencioso. Sinhá Teresa, nesse momento, tinha as mãos cobrindo os próprios seios.

Padre Clemente dá um passo em sua direção, e mesmo sem olhá-la nos olhos, alcança-lhe uma das mãos num gesto cortês. Puxa Sinhá Teresa, que ainda tem a blusa desabotoada, para junto de si. Ela se recompunha com rapidez. A igreja estava vazia. Todos aguardavam esbaforidos do lado de fora, numa fila que insistia abaixo do sol mais quente do dia. Com gentileza, sabe encaminhá-la à sua frente, e com as mãos em sua cintura, leva seu corpo para o corredor dos fundos, onde fica seu quarto.

– Dona Evangelista deve estar por lá – diz Sinhá Teresa ao padre, contornando o próprio corpo.

Mas o padre reprime aquele gesto, e a segura fortemente. De alguma maneira ela gostava quando o padre era mais agressivo. Aquele tom respeitoso e cortês lhe trazia um sentimento morno, em alguns momentos, certa náusea, inclusive. Enquanto o padre caminhava em sua decisão absoluta, quase carregava Sinhá Teresa à força, separava ao mesmo tempo, dentre o molho de chaves de ferro, aquela de seu quarto.

Soubesse ele que Sinhá Teresa já conhecia seu quarto, por permissão não consentida de Dona Evangelista, que enquanto limpava os quartos do fundo da igreja, deixava as portas destrancadas. Desta vez, a experiência de encarar a imagem do Espírito Santo em seu tamanho fenomenal se agravaria. Mas sentir as mãos do padre com tal força apertar sua cintura trazia a ela certa confiança. O medo doutrinário inicial perdeu seu poder, e Sinhá Teresa deixa o corpo lânguido ser simplesmente conduzido. Estava sendo encaminhada pelo homem das palavras de Deus.

Sinhá Teresa cegamente acreditava, apesar do vento forte que transpassou os corredores da igreja naquele momento, contradizendo certo estado de calma. Que fechassem as janelas. Pensava o padre, em seu absoluto, também, silêncio. Silêncio. Não haveria palavras. Não haveria mais sermão a ser feito. Que se tocassem os sinos como a lembrança da palavra de Deus, porque dele não sairia nem mais um som. Nunca mais.

Sim, naquele momento, decidido pela nobreza existente daqueles que nunca antes pecaram. Decidido pela paixão, maior do que a culpa – porque sim, amava tanto à Sinhá Teresa quanto a Deus. – Decidido, frente ao magnetismo do corpo, magnetismo que Deus incorpóreo não possui. Decidido pelo momento urgente, não pela vida eterna. Estava para tirar a batina decidido por duas razões distintas. Uma primeira, para amar Sinhá Teresa, o sentimento de empurrá-la rente ao seu corpo. Uma segunda, para aliviar-se de todo o peso, porque amar seria maior do que a carreira, maior do que todos os outros sentidos. Amar como sentimento único, que tomba a razão, tomba o passado, e o enterra junto às tantas medalhas de orgulho, colecionadas. As quais o peso não mais o fortaleciam. Não mais as queria.

Porque, a partir do momento que tocou o seio de Sinhá Teresa, e que em sua cama pôs a boca no bico dos seios dela, uma sensação verdadeira o percorreu. Tudo lhe parecia muito mais verdadeiro.

Seria aquele um pecado maior do que a morte? E se Padre Clemente havia em algum momento matado, nunca o crime o sufocara. Padre Clemente nunca, em nenhum momento, pensou em largar a batina por um crime cometido. Porque os crimes se cometem em nome de Deus. Um assassinato foi cometido. Em nome de Deus. Amar em nome de Deus. Matar em nome de Deus.

Sinhá Teresa tira a blusa por conta própria. Desabotoa também a saia, que desce pelas pernas. Padre Clemente avança sobre o seu corpo branco e molhado por uma fina camada de suor. Toca Sinhá Teresa com a força que sentiu desde a primeira troca de olhar entre eles. Desde então, ele teve a certeza. E forçou este encontro, fossem todas as dores: tirou-lhe o marido, impecável, como agora, tomava o corpo dela para si. Agarra seus cabelos e a empurra, empurra. E o movimento contínuo do desejo, até a pequena morte.

Foi quando o marido de Sinhá Teresa fora se confessar, que Padre Clemente entregou-lhe o vinho. Seu último gole não foi o da cachaça. Morreu num respiro bruto, tremendo o corpo inteiro, amarrando-se no próprio ventre. Padre Clemente era daqueles que por falta de coragem não apunhalam. A morte absoluta, sem trelas, por envenenamento. Padre Clemente pegou o corpo com os próprios braços. Empurrou o corpo morto para o poço. Ali derramou seu sangue. Ali, a população de Nossa Senhora das Dores bebeu do próprio sangue.

O corpo de Sinhá Teresa, da mesma forma trêmulo, em seus braços. Finalmente, Padre Clemente deu um grito alto e selvagem.

o amor

Do amor não se sabe, nem de seu início, nem de seu final.

Tudo se fez calmo, como uma chuva forte. Até que Dona Evangelista bate à porta. Bate sem cessar.

– O que foi? Estou indo – diz Padre Clemente com toda a calma, dada a intimidade que tinha com Dona Evangelista. Para ele, era uma mãe. Do outro lado, Sinhá Teresa sem palavras, treme. Prende a respiração. Seu temor a deixava ruborizada, com as maçãs do rosto crescidas, apesar da magreza. Procura rapidamente se recompor, procura por suas roupas largadas e penteia os cabelos achatando os fios com as palmas das duas mãos. Sua feição era desesperada.

– Você não podia ter feito isso. E se nos descobrem aqui? Imaginem o que vão falar. – diz Sinhá Teresa.

– Tenha calma. Tudo ficará bem. – Volta-se a ela Padre Clemente, com a mesma categoria que fala palavras misericordiosas na missa. – Por favor, se acalme. – E repete aquela frase como um mantra. Estava tão confiante de si. Confiante como nunca esteve, e nem o bicho mais bravo já visto na região poderia lhe afrontar de algum modo.

Padre Clemente veste a batina, e puxa com um pente fino, de plástico, os cabelos para trás. Serve do pente à Sinhá Teresa, que ainda com uma feição muito assustada, e os cabelos jogados para o lado inverso do de costume, mais parecia estar embriagada. Mas Padre Clemente, ainda naufragado nas sensações, como um mergulho num oceano novo, ainda com a ternura maior espalhada por todas as extremidades do corpo, toca-lhe os cabelos com as pontas dos dedos. Passa as mãos sobre a camisa de algodão de Sinhá Teresa, ainda bem passada. Dá-lhe um beijo na cabeça, como de pai a uma filha. E diz as palavras de Deus, que rapidamente lhe trazem de volta o olhar severo, a ele tão comum.

– Deverá se confessar o quanto antes, Sinhá Teresa. Amanhã pela manhã, volte à igreja no primeiro horário, antes do povo acordar em seu alarme usual. Chegue antes das sete, sim? Hei de ouvir todos os seus pecados, na esperança de que sejam todos absolvidos.

É Padre Clemente quem abre a porta, confiante, irredutível. Andaria até o confessionário e lá se sentaria novamente. Num segundo posterior, sairia Sinhá Teresa do mesmo cômodo, percorreria o mesmo caminho, mas, por sua vez, iria até a porta da igreja.

É na porta da igreja que encontra Dona Evangelista. Ela está parada, com um molho de chaves de ferro em mãos. Dona Evangelista sente os passos de Sinhá Teresa se aproximarem, e seu rosto toma uma cor branca, pálida. Dado um nervosismo também sentido por Sinhá Teresa, as duas abaixam as cabeças, e caminham como se olhassem o chão. Uma vai de encontro à outra, até que Dona Evangelista entrega-lhe as chaves que abrem a porta da igreja. Sinhá Teresa sabe que é a chave maior a qual deve usar.

Pela porta da igreja sai, enquanto a multidão por que passa, todos enfileirados, cada qual contendo, a seu modo, a apreensão de ter um momento a sós com Padre Clemente – quais seriam os tantos pecados que haveria no mundo? – A multidão a assiste passar de olhos arregalados. Os olhos são grandes, como de inveja, como de temor. Reconhecem nela certo poder e a respeitam com um gesto que consecutivamente abaixa a cabeça.

Sinhá Teresa, que num primeiro momento andava encolhida, em passos curtos e rápidos, num segundo momento toma para si aquele mesmo sentimento de soberania de Padre Clemente. Como se a ela também, aqueles todos lhe devessem o respeito, como se lhe fossem menores. Sinhá Teresa, numa confiança suprema, devolve-lhes o olhar, um a um. Assiste, por sua vez, àqueles olhos grandes se tornarem miúdos, entreabertos, e neles percebe algo em comum, algo que conhece, porém, que não mais lhe pertence. A dor que não é física. É um sentimento corrosivo apenas pela falta de objeto a se amar. A falta de perspectiva do amor, como o olhar dos animais, perdido e solto onde quer que a natureza esteja. Seu olhar, neste momento como há muito, era firme. Sinhá Teresa estava contente, e buscaria a completude naquele escolhido.

o tempo

Do amor ao vingativo.

Sinhá Teresa vai para sua casa e dorme com um cansaço bom, tão bom. Ainda pode sentir as horas vividas.

Quando acorda, caminha com sede e fome para a cozinha. Joaquim não estava em casa. Ali, em pés descalços junto ao chão frio de barro pisado, ela se sente um pouco fraca, de certa maneira, esvaziada de sua plenitude, pelo conflito que teima em remoer. Lembra-se vivamente do temor que sentiu quando Dona Evangelista bateu na porta. Junta-se ao fogão a lenha. Levaria um tempo para requentar o café, passar o pão na chapa junto ao resto de queijo curado, largado sobre a mesa. Serve a panela com o leite engarrafado que ganhara de Padre Clemente. Teria trazido de sua terra, Piranhas, aquele leite espesso, o leite de vaca. Entregou a ela como um presente, antes de deixar o quarto.

Ela acompanha fixamente o desenvolver do leite na panela. Começa a borbulhar pelas bordas, e ela mexe com a colher de pau, revirando o líquido que expelia uma gordura amarelada. Aos poucos, a gordura ia

se juntando uma a outra, formando um tecido espesso a cobrir todo o líquido. Não se preocupa em retirá-
-lo. Tomaria toda a nata, quase que mastigada. Gosta
do leite assim. Engoliria a nata que sobe lentamente
agora. Deseja a si todo o prazer daquele momento e
coloca seu dedo sobre a espuma que sobe e Sinhá Teresa quase se queima. Comeria sem culpa, sem cuidado.
Não mais dispensaria a nata. Tudo aquilo era vida. Era
vida, pensou, embora ainda só estivesse começando a
conhecê-la.

Vivia uma felicidade lúdica com aquele leite e pres-
sentia um novo estado das coisas, que surgiriam em
novas cores e em novos aromas, teria esse poder, agora
tinha a certeza. Hoje mesmo tinha visto, uma flor que
brotou violeta na árvore. A flor que sempre brotava
rosa. Teria esse poder.

Ao entornar o leite fervente na xícara com o café,
visualizava os traços finos daquela mesma flor. Um
esqueleto de traços finos vermelhos que se espalham
pela superfície de um violeta quase negro. Aquela flor
significava algo indefinido, entre o medo e a paixão.
Por certo diriam que é uma praga, e não uma glória
– pensariam que sim, que o solo também estava envenenado, que era flor de chuva ácida. Mas Sinhá Teresa
percebeu aquela ser a flor mais bonita. E que a traria
para dentro de casa, a colocaria num vaso com terra, e,
todos os dias pela manhã, iria regá-la.

O leite fervente. Ela reconhece aquele leite branco, lembra-se das mãos de sua mãe. Quando era pequena, em sua fazenda, tomava leite de vaca. Lembra-se também que os olhos da vaca que sempre lhe impressionaram tanto, de um preto fúlgido, tão belo, que lhe despertava pensamentos absurdos. Eram os olhos mais tristes que conhecera.

O contraste do branco e do negro. Do violeta e do vermelho. Como se o passado e o futuro se aprimorassem numa busca por uma única cor, uma cor inexistente. Os pensamentos a paralisam. Os olhos pregados na caneca de metal, sem mais. As mãos paradas sobre a mesa, a respiração ofegante, como se o ar estivesse fino demais e dela exigisse uma vontade maior. O prazer, este pertenceria à escala de cores branca ou negra?

O leite cremoso. Não era água, tal qual o leite da palma ou mesmo da cana. E como era magra Sinhá Teresa. Seus punhos mais pareciam gravetos soltos, não apresentavam nenhuma textura. Com os dedos, ela mede a circunferência dos próprios punhos. Aperta toda a continuidade do braço, até chegar ao ombro. Mas como era magra. De que maneira Padre Clemente sentia seus braços? Pensa. E suas pernas, tão magras, rente ao osso. De que maneira o padre poderia desejá-la?

Entornou mais leite da garrafa, iria bebê-lo desta vez frio. Queria estar bem gorda para a próxima manhã, quando iria se confessar. Queria que Padre Clemente a enxergasse pelas grades do confessionário com outra juventude. Uma mulher no auge de sua beleza, com trinta anos, saudável e vigorosa. Saudável e vigorosa. Deixa sobre a mesa, largados, a caneca de metal, o prato de barro. Foi ao espelho ver seus olhos firmes. Os seus olhos se abriam em azul-escuro. Sua avó lhe dizia que nunca olhasse aos olhos de uma pessoa diretamente. É pelo olhar que lhe roubam a alma, dizia sua avó. Com ternura, busca o batom rosa, o único que tinha há tempos. Usava para as quermesses, geralmente. Mas, ao aproximar o batom, percebe que seus lábios recusam o desejo.

E sua imagem vai aos poucos se perdendo num reflexo sem mais contornos. As pupilas de seus olhos cobrem toda a superfície branca, como uma gota de sangue ao chão, que se esparrama, sem coagular. Pois era sangue também o líquido que escorria do nariz. Uma lágrima fina desce o rosto. Uma lágrima púrpura.

Empalidece, de repente, Sinhá Teresa. E as cores se perdem, era a vida em toda sua potência desperdiçada. O desejo de vida que lhe causara a morte, pois o leite, o leite que ganhou do padre, estaria envenenado.

a mentira

Um sorriso imprescindível.

E que o pó volte à terra, como o era e o espírito volte a Deus, que o deu. Quando Jesus voltar para julgar os vivos e os mortos. Lê Padre Clemente, com os olhos distantes da Bíblia que estava em suas mãos, e finaliza a missa de domingo com a referência, Eclesiastes capítulo doze, versículo sete.

– Matou a minha mãe.

O padre arregala os olhos.

– Matou a minha mãe, matou a minha mãe. – Joaquim invade correndo a pequena nave da igreja de Nossa Senhora das Dores.

A igreja estava em sua lotação máxima. As pessoas se aglomeravam, de pé, pelos fundos e pelas laterais. Aquelas paredes brancas e altas traziam um ar frio, era o local mais frio da cidade. Todos se sentiam protegidos naquele recanto, aonde a doença não chegava.

O padre ignora a voz, deveriam ser os pássaros. Não havia entendido as palavras gritadas, gritadas por uma voz tão fina. Fez sinal para a pequena orquestra formada por um violonista e um acordeonista, que prosseguisse com o canto celestial. Padre Clemente vira de costas e olha a imagem da cruz no altar da igreja. Levanta os dois braços enquanto canta: Eu sou a luz do mundo/ Aquele que lhe segue/ Não andarás em trevas/ Mas terá a luz da vida.

Joaquim fura a multidão aos gritos. As pessoas abrem o caminho, tamanha a fúria. Joaquim carrega consigo a garrafa de vidro, com o leite que Padre Clemente entregara à sua mãe. Antes de morrer, Joaquim conseguiu se aproximar dela. Seu corpo já ao chão. E, ela falava num sussurro, num sussurro claro. "Joaquim, ouça bem a sua mãe. Ouça bem, por favor. Meu filho, eu te amo, e estarei aqui ao seu lado para sempre. Acredite em Deus, acredite na sua casa, a igreja, mas não acredite em Padre Clemente". Ela parou, enquanto o menino se debruçava desesperado sobre o seu corpo. Num lapso, Sinhá Teresa abriu os olhos cobertos de sangue novamente. "Joaquim, Padre Clemente é um homem maluco. Que está fora de si. Ele envenenou sua mãe, assim como a outras crianças. Ele matou Luiz, Padre Clemente matou Luiz". Mais uma vez ela se deitou desacordada, e Joaquim a chamou. "Joaquim, o corpo de seu pai consta morto, no poço que fornece água a esta cidade. Esta é história que nunca quis acreditar". Por fim ela levantou seu corpo num gesto muito curto,

"Seja padre, Joaquim. Nossa Senhora das Dores precisa de um novo padre".

Joaquim atropela com fúria todos à sua frente.

– Você é um mentiroso – disse à frente do altar, apontando com a mão direita. – Um mentiroso.

Padre Clemente olha Joaquim de cima, com seu olhar usual de candura:

– O que deseja, meu filho?

Joaquim sobe o degrau do altar e coloca, em cima do aparador onde estava o recipiente de prata para a hóstia, a garrafa de leite.

– Quero que beba deste leite que deu à minha mãe. – E vira-se, por sua vez, à nave da igreja. Uma luz melancólica lançava-se pela janela. Os pássaros estavam longe. – Este homem envenenou minha mãe. Minha mãe está morta. Ela sangra, sangra como Luiz. Padre Clemente envenenou meu pai também, que está morto no poço da água da cidade. Estamos todos envenenados. Podem correr ao poço. Este homem é um assassino. Cidade monstruosa. Noite sem fim. – E Joaquim começa a chorar. Deita-se com o corpo lânguido no degrau.

É Dona Evangelista quem corre para acolher o menino. Num movimento sublime, nunca antes havia acontecido de Dona Evangelista dispor deste triunfante vigor. Ela o pega nos braços. Era cúmplice, poderia ser, mais via ali sua alforria. Sabia, imóvel e em silêncio, de todos os crimes do padre. Foi no momento que viu Padre Clemente jogar o corpo do pai de Joaquim no poço da cidade, que se calou, para nunca mais proferir uma palavra.

Porém, depois que acolhe o menino em seus braços, de beijar-lhe a cabeça, levanta-se e diz, como num milagre. O povo, surpreso, volta-se com um "oh" soluçado. Dona Evangelista estufa o peito:

– Senhores, é verdade o que diz este menino. Ouçam este menino. – Padre Clemente neste momento empurra o corpo de Dona Evangelista, que cai de rosto ao chão para fora do altar. O altar da igreja de Nossa Senhora das Dores é muito alto. Ela cai como num golpe. Não mais se levanta.

Padre Clemente, com um brado, ordena:

– Saiam todos fora da igreja. Voltem às suas casas.

Mas, ninguém se move. Batiam palmas, e em coro diziam baixo, "assassino, assassino". Novamente, como se não escutasse, Padre Clemente ordena:

– Voltem às suas casas agora. Voltem todos.

Mas a multidão vai se dirigindo à frente, em direção ao altar. Conseguem evitar o caos, apenas um grupo de homens segura o corpo de Padre Clemente pelos braços. Buscam a garrafa de leite e entornam na boca do padre, que engole o leite maldito e bebe forçado. "Assassino", continuavam os gritos a ressoar por toda a altura construída, a altura da igreja de Nossa Senhora das Dores.

o veneno

O vinho é derramado.

—Foi de afogamento que morreu o pai de Joaquim, – diz Sinhá Maria da Graça, de pé, apoiada em sua bengala. À sua volta, um grupo de pessoas atentas, que se empurrava para poder escutá-la. Sinhá Maria da Graça já devia estar em seus sessenta anos, mas tinha boa memória. – Pois foi o que vi naquela tarde. Era maio, se bem me lembro. E fui me confessar ao Padre Clemente. Foi quando vi o homem de batina a carregar um corpo desmaiado. Levava o corpo puxando junto ao barro, nem tivera o respeito de carregar o homem no próprio ombro. Pois, quando chegaram próximo ao poço foi que vi. Era marido de Sinhá Teresa, que agora não me lembro do nome.

– Era José – diz um homem. – José Antônio Pereira – completa.

– Não posso lhe dizer o nome, pois nunca lhe fui apresentada pessoalmente. Mas, reconheceria de longe aquele homem de cabelo tão escuro. Preto de ave de graúna. E aquela pele amarelada, Deus sabe de onde. Pois, estava com o dorso nu, e uma calça dessas de todo o dia. Padre Clemente atirou o homem ao poço, bateu as palmas das mãos para tirar o pó da terra, esfregou depois as mãos na batina. E seguiu até a igreja limpando as mãos na batina. Foi quando eu resolvi entrar na igreja pela porta da frente. E o encontrei no corredor, ainda esfregando suas mãos. Em tom de brincadeira, eu lhe disse, pode esfregar que sangue não sai. Padre Clemente fingiu que não ouviu. Depositou uma das mãos sujas em meu ombro esquerdo, e me acompanhou até o confessionário. Não disse uma palavra então.

– Mas a senhora nunca contou esta história antes?

– Foi outro dia que contei, sim. Contei à Sinhá Teresa. Mas, nessa cidade só ouvem o padre. Sinhá Teresa apenas repetiu o mesmo gesto da mão sobre o meu ombro e me acompanhou até a porta de casa.

– Assassino, assassino, – o povo em frente à igreja ainda gritava. Num conglomerado, dirigem-se ao principal poço de Nossa Senhora das Dores.

Lá estava. Um dos cabras mais fortes da cidade, num pulo, se joga para dentro do poço. Com os braços fortes encontra anteparo junto às paredes para descer devagar. Mas a multidão em polvorosa tinha pressa. O ritmo que tomava a palavra "assassino" parecia um tambor opulente. Mas o cabra, algum respeito por si próprio ainda tinha. E acima de tudo, respeitava a vida. Não pisaria em um corpo morto, enquanto continuava a descer com certa delicadeza.

É o que encontra, embora não o quisesse, com as pontas dos pés descalços naquele fundo d'água. Uma superfície pegajante. É o que encontra também quando abaixa as costas de maneira a tocar as mãos na água, e puxar uma das mãos do morto, Seu José Antônio Pereira. Pobre coitado, morto. Morto e nunca enterrado, dizia o burburinho. O homem levanta o braço do corpo, o mais alto que pode, para que todos o vejam.

Com extremo horror, uma histeria comum se apossa da situação. Nossa Senhora das Dores conhecia a morte, porém, a morte sempre fora enterrada. Com extremo medo, o coitado encarregado de encontrar o resto do corpo, com medo de que aquilo se tratasse de coisa do Diabo e que agora dele fosse cúmplice, o homem diz bem alto, para que todos ouvissem, na tentativa de expurgar o horror:

– O corpo está aqui, está aqui.

O povo nesta hora se cala. O vento imóvel. O homem volta à superfície do poço, o povo se afasta com rapidez, e se coloca a um raio de quase cinco metros de distância. Nunca poderiam tocá-lo. Aquele homem que num primeiro momento pensou se tornar um herói, é morto em vida. Pessoa não teria coragem de falá-lo.

O povo corre para longe. Correm todos de volta para suas casas.

a vida

Não haveria outra vida se não esta.

Era Padre Clemente que entregava o leite para Sinhá Mariana acrescentar à rapadura da cesta do tesouro das crianças. Aquele mesmo leite que dera à Sinhá Teresa. Dizia ele, que as crianças precisavam ficar mais fortes, eram o futuro da cidade. E dizia também que a cidade não precisava de mais doentes.

Este mesmo discurso repetido à mercearia, que também usava do leite para a rapadura.

E há quanto tempo esta cidade não aproveitava a rapadura? A indulgência permitida, uma das únicas, comida como felicidade.

A doença de todos, o sangue. A doce morte, como Padre Clemente dizia em suas missas. Dizia que no fim, a morte era doce.

– A morte é mesmo doce? – pergunta-se Joaquim, admirando o corpo de Padre Clemente estirado no altar. Branco como nunca. Os olhos púrpuras, e sobre toda a extensão da pele, estrias de sangue que em relevo se destacavam.

As luzes que entravam por claraboias simples, com vidro de uma única cor azulada, foram tornando--se mais fracas. O chão da igreja agora não tinha mais nenhum brilho, a madeira era quase preta. Joaquim levanta-se aos poucos. Observa a multidão perplexa à sua frente. Resolve sair pela porta lateral, mas erra o caminho e acaba entrando para os aposentos internos. Ali encontra uma porta entreaberta. Vê um armário à sua direita, e à esquerda, uma cama de madeira, com a imagem do Espírito Santo ao alto.

Joaquim abre a porta e entra no quarto. Percebe que em cima da cadeira que estava ao lado do armário descansa uma batina perfeitamente esticada. Joaquim pega a batina para si. Vira para o lado da cama e vê também um livro na mesa de cabeceira. Pega o livro para si. Por último, com o olhar ligeiro de um ladrão, percebe pendurado na cama um terço comprido, branco. O terço descia e encostava-se ao chão. Pega, para si, o terço.

Sai do aposento pisando levemente. Mas ninguém o nota, nem no corredor, nem quando alcançou, já com passos rápidos e pesados, a nave da igreja. Ninguém o notaria.

Joaquim deixa a igreja de Nossas Senhoras das Dores. Haveria um grande intervalo até que retornasse. Anda rápido, corre à sua casa. Um caminho que se fazia longo naquele fim de tarde. Queria fazer do caminho longo a grande estrada para todos os tempos.

As sandálias de couro puxam o barro para cima, e lentamente prossegue com seus pequenos passos. O peso do livro se alterna entre um braço e o outro. Joaquim olha o chão, com o olhar desolado, que puxa da memória a imagem forte e recente. De sua mãe. Sua mãe lhe disse, que seria padre, seria o padre de Nossa Senhora das Dores.

Uma chuva fina entra pela janela, brilha um feixe de luz. Um estilhaço de felicidade ao ouvir o barulho da chuva no chão. Não haveria outra vida se não esta, pensa. E corre. Corre o mais rápido que consegue.

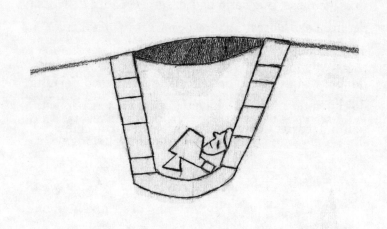

Onde choram as crianças

Uma árvore aberta, de tronco vermelho a quem a adentrasse.

Crianças sem pais choram um choro fraco, cansado, que ressoa sem resposta. O silêncio faz uma criança só. Onde podem chorar as crianças? Existe no mundo um lugar em que ninguém seja por este choro perturbado?

FIM

Agradecimentos:

Meu agradecimento à Adriana Lunardi, pelo tanto que me ensinou de literatura.

À Isabel de Nonno e à Elisa Barbato, pela amizade.

À Cíntia Moscovich e ao Carlos Eduardo Pereira, pelas leituras precisas.

Ao editor Rodrigo de Faria e Silva e à Lucia Riff, que me acolheram e me incentivaram.

À Cristina Vidal.
Ao Marcelo Gonçalves, aos meus pais e à minha irmã Rosa.

À Vivian Wyler, em memória.

À Fernanda Young, em memória.

Este livro foi impresso nas oficinas gráficas da Editora Vozes Ltda.,
Rua Frei Luís, 100 – Petrópolis, RJ.